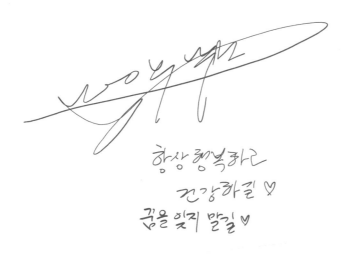

항상 행복하고
건강하길 ♡
꿈을 잊지 말길 ♡

KB193489

그래도 괜찮아 넌 눈부시니까!

나는 반딧불

이 책의 판권은 ㈜베가북스가 소유합니다. 저작권법에 따라 보호받는 저작물이므로 무단 전재와 복제를 금합니다. 이 책의 전부 또는 일부를 이용하거나 유튜브 동영상, 오디오북, 요약자료 등으로 생성 및 유포할 때도 반드시 사전에 ㈜베가북스의 서면 동의를 받아야 합니다. 더 자세한 사항은 ㈜베가북스로 문의 부탁드립니다.

홈페이지 | www.vegabooks.co.kr **이메일** | info@vegabooks.co.kr
블로그 | http://blog.naver.com/vegabooks
인스타그램 | @vegabooks **페이스북** | @VegaBooksCo

나는 반딧불

글 황가람 원작 정중식

베가북스
VegaBooks

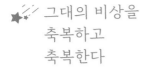 그대의 비상을
축복하고
축복한다

나태주(시인)

　나는 사실 나이 먹은 사람이라 이런 노래를 잘 알지 못합니다. 보내준 자료를 읽고 또 노래를 찾아서 듣고 놀랐습니다. 〈유퀴즈〉에서 유재석 씨가 심각한 표정으로 듣고 조세호 씨가 울먹이는 걸 보았는데 나 역시 심각할 수밖에 없었고 또 울먹일 수밖에 없었지요. 나지막한 허스키 목소리이긴 하지만 곱고도 낮은 음성으로 자근자근 마음을 울려주는 노래에 마음이 그만 무너져 내리고 말았지요.

　대단한 호소력이고 대단한 능력입니다. 크고 울창하고 화려한 것만이 강력한 것이 아니라 이렇게 작고도 진지한 것이 더욱 힘이 세다는 걸 깨닫게 해주어서 고맙습니다. 무엇보다도 가사 내용이 좋네요. 나는 평소, 시라는 문장이 자기 마음이나 형편을 호소하거나 고백하는 문장이라 했는데 이 노래 가사가 바로 그렇습니다. 좋은 시가 노래가 된다는 것이 나의 지론인데 이런 노랫말이야말로 더없이 좋은 시입니다.

나는 반딧불

　작고도 보잘것없는 한갓 벌레에 불과한 반딧불이, 개똥벌레의 하소연이 참으로도 아름답고도 잔잔하게 가슴을 치고 들어옵니다. 문제는 자존감입니다. 비록 자기가 개똥벌레이긴 하지만 반짝임, 그것도 작은 반짝임 하나로 자기가 하늘에 떨어진 별인 줄 알았다는 저자기 존재와 가치를 발견하는 개똥벌레의 지혜를 우리는 무엇으로 부정할 수 있을까요!

　그래그래 너는 하늘에서 잠시 길을 잃고 내 곁에 온 작은 별이란다. 부디 그것을 잊지 말아라. 우리는 그렇게 다 같이 하늘에서 하나씩 내려온 별이니까, 별로서 부끄럼 없이 살아야 하지 않겠니? 우리 오늘 잠시 어둑하고 반짝임이 딸릴지라도 결코 자신을 의심하지 말고 자신을 구박하지 말기로 하자. 더구나 들볶기는 하지 말자. 우리가 스스로 별이라고 믿는 동안 우리는 조금씩 더욱 좋아져 더욱 빛나는 별이 되지 않을까?

그대의 비상을 축복하고 축복한다

사랑한다, 얘야. 너의 그 허황한 꿈—
그러나 한없이 진지하고 간절하고
고달픈 꿈을 응원하고 지지한다.
우리 부디 어떠한 경우에라도 기죽지 말자.
자기 자신을 과소평가하지 말고 깔보지 말자.
우리는 작지만 반짝이고 약하지만
한없이 먼 꿈을 꾸는 꿈의 씨앗임을 의심하지 말자.
어둠과 시련의 시간을 견디고
드디어 개똥벌레가 되어
하늘을 나는 너의 비상을 축복하고 축복한다.

나는 반딧불

오늘날 우리 젊은 세대가 많이 기죽어 있다는 말들을 하는데, 이런 노래를 들으면서 그들의 기가 조금씩 소생할 것 같아서 기쁩니다. 또 요즘 젊은이들이 꿈이 없다고 호소하는데, 그 또한 이런 노래를 들으면서 꿈을 키우고 미래를 설계할 수 있을 것 같아서 다행스럽다 생각합니다. 역시 아름다운 것은 언제나 아름답고 좋은 것은 또 변함없이 좋은 것입니다.

그대의 비상을 축복하고 축복한다

반딧불의 기적

위로를 전해주는
가수 황가람

2년 전, 39살의 나이였을 때 마음이 정말 불편했었어요. 이렇다 할 결과가 하나도 없는데 코 앞으로 나이 마흔이 다가왔었으니까요. 전 유명해지는 것을 목표로 음악을 한 것은 아니었기 때문에 이렇다 할 음악 외 활동도 없었죠. 그런데 문득 이런 생각이 들더라고요. 내년이면 마흔인데, 마흔 살이 되어도 아무런 결과물이 나오지 않는다면 내 현실이 힘들어질 수 있겠구나.

그런 생각이 들었던 걸 보니 그땐 자신감이 많이 떨어진 상태였던 것 같아요. 그렇게 막연한 다짐을 품고 있다가 처음으로 도전한 것이 MBN 〈오빠시대〉 출연이었죠. 그곳에서 저의 은인, 중식이 형을 만나게 되었고요.

그렇게 인연을 쌓고, 서로의 노래를 부른 덕분에 마흔한 살이 된 지금, 중식이 형과 『나는 반딧불』 책을 낼 수 있게 되었습니다. 이 모든 일들이 정말 많은 분들께서 노래 '나는 반딧불'을 사랑해주시고 불러주신 덕분이라고 생각합니다. 특히 이 노래를 만들어준 중식이 형한테 너무 감사하다는 말 드리고 싶습니다.

저는 처음부터 노래를 잘하는 사람은 아니었어요. 오히려 못하는 축에 속했죠. 정말 상상을 초월할 정도로 못했어요. 제 유튜브 채널 '동네청년'에 그때 그 시절 노래방에서 불렀던 노래의 녹음본을 공개했는데, 직접 들어보시면 바로 무슨 말인지 아실 겁니다. '같은 사람이 맞나?'라고 생각할 정도로 정말 못 불렀으니까요.

지금 아티스트로서 처음으로 정말 많은 분들께 과분한 사랑을 받고 있는데요. 저도 처음부터 탁월한 재능이 있어 음악을 시작한 게 아니었어요. 만약 무언가 하고 싶은 것이 있는데, 잘하지 못해서 주저하고 계신 분들이 있다면 저는 그런 말씀을 드리고 싶어요. 특별한 사람, 재능의 싹이 보이는 사람들만 꿈을 꿀 수 있는 게 아니라는 걸요. 마치 그때는 노래를 잘하지 못했던 저처럼, 많은 분들이 저를 통해 다시 꿈꿀 수 있는 계기가 생긴다면 더할 나위 없이 행복할 것 같아요.

별은 밝은 낮에는 보이지 않지만
가장 어두운 밤이 되어서야 환하게 빛나고 있잖아요.
가장 힘들다고 느끼는 지금 이 순간이
어쩌면 내가 가장 밝게 빛날 수 있는 때라고 여기셨으면 좋겠어요.

　　20년이 지나서야 많은 분들의 사랑을 받고 있는 저처럼, 내 인생의 한 지점에 다다르는 시간은 모두가 다 달라요. 성공엔 절대값이 없는 거죠. 한계점도 없고요.

　　사실 저의 성공은 이미 10여 년 전에 이뤘어요. 제가 100여 곡 정도 작곡을 하고, 앨범도 냈지만 그 수많은 노래 중 단 하나도 상업적인 성과를 이룬 것은 없거든요. 그런데 전 그 노래들이 너무 자랑스러워요. 아무도 듣지 않을 수 있지만 저는 제가 듣고 싶은 노래들을 만들거든요. 아무도 인정해주지 않는다고 해서 내 결과물들이 실패

작이 되는 것은 아니잖아요. 그래서 저는 이미 수많은 곡을 작곡해냈던 그때 성공했다고 생각해요. 그 경험을 성공이라고 여기지 않았다면 전 오히려 지금 크게 행복하지 않았겠죠.

그래서 내가 생각하는 성공과 모든 사람들의 인정을 받을 수 있는 성공. 그 두 개의 지점을 잘 찾아가면서 여러분도 '행복'에 도달하셨으면 좋겠어요. 어쩌면 그냥 그 자리에서 행복을 찾아가며 지내셔도 되고요. 그래서 전 사인을 하든 글을 쓰든 마지막으로 덧붙일 때 '행복했으면 좋겠다'라고 쓰거든요. 지금 이 자리가 어디든 내가 행복한 것이 중요한 거니까요.

이제는 많은 분들이 저를 알아주시고. 다 이룬 것만 같은데. 이 다음은 어떻게 할지, 어떤 모습으로 음악을 하고 있을지는 잘 상상이 가진 않아요. 지금처럼 노래를 부르고 있는 것만은 여전하겠지만, 아마 천천히 내려오는 것만 남지 않았을까요? 한참 뒤에 내려오게 될 수도 있고, 이제부터가 천천히 내려오는 단계일 수도 있겠죠. 지금 제가 많은 분들께 '노래를 잘하는 가수'보다 '위로를 전해주는 가수'라고 사랑받고 있잖아요.

지금 전해주시는 사랑과 인기 같은 것들이 영원하지 않고 혹 불면 날아갈 찰나라는 걸 전 잘 알고 있어요. 그래서 다른 것보다도 사람들이 문득 행복하거나, 너무 불행하다고 생각이 들 때 제 노래가 떠올랐으면 좋겠어요. 오늘 조금 힘들거나, 자신감이 떨어지거나 할 때

제 노래를 들으면서 힘을 얻으실 수 있게요. 그렇게 될 수 있도록 저는 여전히 이 자리에서 노래하며, 또 노력하고 있을 거고요.

전 절대 특별한 사람이 아니에요. 오히려 제 눈에는 방송 PD님과 작가님, 또는 엔터테인먼트 회사 대표님, 매니지먼트 관련자분들. 그분들이 저를 위해 일하시는 걸 볼 때마다 그분들이야말로 절대 평범하지 않은 사람이라는 생각이 들어요. 반짝반짝 빛난다고 하죠. 그런데 그분들은 또 스스로를 평범하다고 생각하시더라고요. 제가 보기엔 아니었는데도요. 저도 마찬가지로 이런 어딜 가나 있는 평범한 사람입니다.

그런데 주변을 돌아보면 어디에나 있을 법한
평범한 사람이 해주는 말이 제 맘을 크게 울릴 때가 있어요.
마치 제가 부른 '나는 반딧불'을 여러분이 좋아해주시는 것처럼요.

같은 말이 왜 지금은 더 특별하게 와닿는 걸까 생각해보면 제가 여러분과 비슷한 사람이기 때문에 그런 것 같아요. 나도 당신과 비슷한 생각을 하고, 당신도 나와 비슷한 걱정으로 밤을 지새우고, 눈물을 흘리기도 하고, 서로 비슷하기 때문에 그 말들이 더 특별하게 다가오는 것은 아닐까.

처음 제가 꿨던 꿈은 단순했어요. 그냥 '난 노래하고 싶다'였거든요. 그래서 사람들이 제게 넌 꿈이 뭐냐고 물으면 '전 노래하면서 살고 싶어요'라고 말했어요. 노래하는 게 좋았으니까요. 꿈은 무엇이든 꿀 수 있기 때문에 꿈인 거잖아요.

　노래를 부르고 싶어서 가수가 되기로 한 저도 마찬가지죠. 노래를 못해서 좌절만 하고 끝났다면 저는 이 자리에 존재하지 않았을 거예요. 여러분도 그런 꿈을 지니고 차근차근 이뤄가는 행운을 경험할 수 있길 진심으로 응원합니다.

　이 글을 보고 계시는 모든 분들에게 마지막으로 이런 말을 꼭 드리고 싶습니다. 그 자리에서 언제나 행복하길 진심으로 바라겠습니다.

자기가 별인 줄 아나 보다

중식이밴드
정중식 드림

제 노래 '나는 반딧불'을 많은 분들이 사랑해주셔서 감사드립니다. 사실 많은 분들이 이 노래를 듣고, 그 아래 사연을 적어주시고, 많은 위로를 받으셔서 몸 둘 바를 모르겠는 요즘입니다. '나는 반딧불'이란 노래가 나오게 된 비하인드 스토리를 많은 분들이 궁금해하시더라고요. '나는 반딧불'은 여기서부터 시작돼요.

저는 제가 만 년에 한 번 나올 법한 전설의 용사인 줄 알았는데 아니라는 걸, 살다 보니 문득 깨닫게 된 거죠. 옛날부터 사람들은 저에게 천재적인 사람이라는 칭찬을 많이 해줬어요. 때문에 저도 마음 한 켠에서는 '난 천재야'라는 생각을 품고 자라왔죠. 그런데 살다 보니까 알겠더라고요. 저는 사실 천재가 아니었던 거예요. '나는 반딧불'은 그런 제 이야기가 담긴 노래입니다.

이 노래를 만들 적에 마침 곤충에 대한 다큐멘터리를 보게 됐어요. 다큐멘터리에서 이런 내용이 나오더라고요. 어떤 곤충들은 달이나 천체의 움직임을 기준으로 자기가 나아갈 방향을 정한다고, 군대개미나 일부 딱정벌레들은 은하수까지 이용해서 방향을 잡기도 하고요. 그런데 반딧불이라는 벌레는 별자리를 보면서 자신이 나아갈 방향을 정한다는 거예요. 그런데 그 내용을 듣자마자 이런 생각이 들더라고요. "자기가 별인 줄 아나 보다." 곱씹어 생각해보니까 정말 그럴 것 같은 거예요.

나 자신을 별로 착각하고 있는 반딧불이에게 누군가 옆에서 이렇게 말할 수 있겠죠. "야, 넌 별 아니야. 넌 벌레야. 그 중에서도 개똥벌레라고." 그때 반딧불이 입장에서 생각해보면 이렇게 답할 지도 모른다고 생각했어요. "그렇구나. 근데 괜찮아. 넌 빛나지 않잖아. 난 빛나거든. 빛나니까 오해할만했네."

그랬구나.
난 벌레였구나.
그래도 괜찮아.
나는 빛나거든.

거기서부터 이 노래는 시작된 거예요. 비록 벌레지만 빛나고 있으니 별이 아니어도 상관없다는 거죠. 대단한 사람인 줄 알고 자랐지만 대단한 사람이 아니어도 상관없는 이유는 내가 빛난다는 사실을 알고 있는 그 자존감에서 오는 걸지도 몰라요. 아마 그 반딧불이는 빛나지 않았더라도 괜찮았을 거예요. 스스로 빛이 나는 존재라고 믿고 있으니까요.

인생을 살아가는 것 중 중요한 한 가지는
타인에게 너무 기대지 않고 잘 살아가는 것이라고 봐요.
내 인생에 있어 내가 넘어야 할 산은
다른 그 누구도 대신 걸어주지 않아요.

내가 두 다리로 직접 뚜벅뚜벅 걸어나가야 하는 거죠. 똑같은 노래를 들어도 내가 살아온 방향대로 해석할 수도 있고, 남들은 다 'YES'라고 말할 때 나 혼자 'NO'라고 말할 수도 있고요. 그러기 위해선 '나'를 잘 알아야 되는 거죠. '나는 반딧불'의 반딧불이가 "너 벌레야"라는 말을 들었을 때 아무렇지 않아 했던 것처럼요.

만약 노래의 개똥벌레처럼 내가 벌레 같아서 힘들어하는 분이 있다면 '아주 작은 것도 하나의 성공'이라는 미션을 본인에게 부여해보는 걸 추천해요. 오늘 자고 일어나서 이불 갰어. 그럼 동그라미를 치는 거죠. 하루에 몇 개 동그라미를 쳐야 된다는 생각은 안 하셔도 되고요. 깍두기를 담가먹었다, 성공, 동그라미. 이렇게 작은 것 하나하나를 성공시켜 나가다 보면 작은 일이라도 '나는 할 수 있다'라는 스스로에 대한 믿음을 가지게 됩니다. 그게 쌓이면 더 큰일도 하게 될 수 있을지 모르고요.

부디 현실이 고달프더라도 초연하게 이 상황을 살아나갈 방법을 찾아낼 수 있으면 좋겠습니다. 어떤 방식이든 자기만의 방식으로요.

차례

나는 내가 빛나는 별인 줄 알았어요

소원을 들어주는 작은 별

하늘로 올라가 초승달 돼 버렸지

그래도 괜찮아 난 빛날 테니까

나는 내가 빛나는

별인 줄 알았어요

줄을 서서

큰 오락실에 있는
조그만 노래방에
테이프를 넣고
녹음하던
그 기억들

나는 내가 빛나는 별인 줄 알았어요

서울에서

음악을 하고 버스킹을 하면
누군가 나타나서 이렇게 말할 줄 알았죠
"자네, 나와 함께 음악을 해보지 않겠나?"
정말 그런 생각이 무색하게
아무 일도 벌어지지 않더라고요

나는 내가 빛나는 별인 줄 알았어요

밤별

가장 어둡고
가장 깜깜한 밤에
더 빛나는 별
가장 힘들고
앞이 보이지 않던 날에
웃음 짓는 평범한 나

나는 반딧불

다시 태어난다면

저는 '새'가 되고 싶어요
땅을 밟고서 하늘을 올려다보면
까마득하게 먼 하늘 위를 날아가는 새들이
점처럼 보이거든요
그 풍경이 좋더라고요

나는 내가 빛나는 별인 줄 알았어요

그래도 괜찮다는 위로

내가 살아가는 이 세상의 모든 일이

이 노래처럼

생각처럼 잘 안 풀린 적이 있었고

또 앞으로도 그런 일들이 수없이 많을지도 몰라요

그럴 땐 이 노래를 통해서 나 자신에게

그래도 괜찮아라고 말해주었으면 좋겠어요

나는 반딧불

나는 내가 빛나는 별인 줄 알았어요

내가 별이지 않을까

무엇 하나 잘하는 게 없었기 때문에
뭘 해도 중간 정도밖에 못 하는 내가
혹시 이건 정말 특별하게 잘하지 않을까?
이런 생각으로 음악을
붙들었던 거 같습니다
잘해봤자 평균이 되는 내가
이 방향을 선택하면
사람들이 나를 판단하기
조금 애매하지 않을까?

나는 반딧불

나는 내가 빛나는 별인 줄 알았어요

세상 너머로 한 발짝

내 안의 틀을 깨고 현실로 다가서기 전
시간과 기대에 못 미친 결과가 아쉽고
내가 이때까지 했던 모든 것이 부정
당한 느낌이 들기도 하잖아요
그런 줄만 알았는데
나만 이렇게 힘든 시간을 겪고 있는 게 아니구나
남들도 똑같이 겪어오고 있는 거구나
이렇게 안도하며 이겨내시길 바라요

나는 반딧불

나는 내가 빛나는 별인 줄 알았어요

밤하늘의 북극성을 찾아보세요

나는 왜 안 되는 걸까?

이제 그만해야 할까?

현실적인 고민들이

머릿속을 어지럽히는 날엔

단 하나의 사실만을 기억하세요

이미 나는 누군가의 북극성이라는 걸요

나는 반딧불

나는 내가 빛나는 별인 줄 알았어요

사람들 마음에 닿는

들으려고 해야 들리는 노래보다
가사가 귀에 바로 걸리는 노래
모두가 힘든 시기
희망을 잃지 않는 노래

나는 반딧불

나는 내가 빛나는 별인 줄 알았어요

타인에게 너무 기대지 마세요

다른 사람에게 너무 기대지 않는 것도 중요해요
내 눈앞에 놓인 큰 산을 넘어가야 하는데
다른 사람이 날 대신 업고 넘어가진 않을 거잖아요
그 누구도 나의 길을 걸어주지 않아요
무서워도, 다칠 것 같아도 일단 해봐야 아는 거죠
우리 삶에 큰 시련이 다가올 때
마냥 두려워하지 않고
넘어설 수 있는 힘을 기를 수 있도록

나는 반딧불

당신께

우리 주변의 많은
소중한 별들이
정말 밀도 높게
뭉쳐 있구나
형용하기 힘든 감정을
조금이나마 담아봅니다

달

밤의 별이 빛날 때
가장 큰 밝음으로
별이 사라지고 낮이 밝아올 때
창백한 얼굴로
내 곁을 비추는

나는 반딧불

서른 즈음에

많은 이야기들이 오가는 나이
이만큼 차오른 나의 이야기를 뱉어낼 곳도
예전의 우리 부모님과 어른의 마음도
이제 막 내 가슴 속에 가라앉게 되는 나이

나는 내가 빛나는 별인 줄 알았어요

아픈 사람

힘들게 버티면서
뭔가를 하고 있는
마치 감기에 걸린 듯한
약한 사람들
그래도 감기는
언젠가 낫긴 하니까

동그라미 친 가사

더 중요하게 짚고
더 글자를 크게 쓰고
여러 번 밑줄 친
깨끗하게 쓴 글자와는
결이 다른 글자

나는 내가 빛나는 별인 줄 알았어요

나도 빛날 수 있을까

나도 사랑받는 사람일 수 있을까
유명하지는 않지만
무대 위에서 노래하는
그런 꿈을 꿔도 될까

나는 반딧불

더 늦기 전에

저를 사람들에게 보여주고 싶어요
세상에 나를 드러내려 노력해도
아무리 해도 안 되는 사람인가 싶었죠
그런데 더 늦기 전에 용기를 내보자는 마음 하나가
절 전혀 다른 세상으로 데려다줬어요

완창하는 연습

처음에 좀 틀리면
빨리 다시 하고 싶죠
앞으로 남은 노래를
부르고 싶지 않은
그런 마음이 들죠
하지만 처음부터 끝까지 해냈을 때
비로소 몸으로 느끼는 깨달음
연주가 모두 끝이 나야
알 수 있는 것들

나는 반딧불

나는 내가 빛나는 별인 줄 알았어요

내가 좋아하는 것

살면서 나 자신을
진하게 느껴본 순간이 있나요?
숨통이 트인 듯 가슴이 뻥 뚫리고
내가 살아있음을 느끼는
강렬한 순간이요

이런저런 망치는 이유

잠을 못 자고 가서

오랫동안 대기해서

에어컨을 틀어주지 않아서

노래를 부르는 자세가 불편해서

그 어떤 조건에서도

가장 중요한 건

잘해야만 한다는 거

나는 반딧불

꿈을 지나오는 길

이 길을 걸어오는 것이
끝이 보이지 않는 터널을 걷는 듯한 기분이 들었어요
저기까지 가면 나갈 수 있겠지
더 걸으면 벗어날 수 있겠지
이번엔 끝이 나겠지
결국엔 긴 터널의 끝을 지나왔고
수많은 여정이 여전히 제 발 앞에 남아있지만
늘 그랬듯 저는 담담히 지나갈 거예요

나는 반딧불

어느 바람 부는 날에는

가끔 너무 마음이 흔들려서 심란한 날엔
그냥 그렇게 흔들리게 두세요
조금 슬픈 생각을 하더라도 그렇게
끝을 모르는 생각이 꼬리를 물고 이어지더라도 그렇게
생각들을 엮어가다 보면
어느새 해답이 나와 있을 거예요

나는 반딧불

스스로 만족하는 무대

나 진짜 잘했어

라고 스스로 말할 수 있는 무대는

정말 행복한 감정을 주는 경험이죠

결과를 떠나서

나 자신에게

배부른 노래를

부를 수 있길

나는 내가 빛나는 별인 줄 알았어요

소원을 들어주는

작은 별

실패에 부딪힐 때 해야 하는 것

지금 내 꿈을 이루는 과정에서
자꾸만 실패라는 벽에 부딪히고 있다면
나에게 정말 필요한 이야기들을
쌓아야 할 시기일지도 몰라요

소원을 들어주는 작은 별

세상의 모든 반딧불들에게

비바람이 불고
발 하나 뗄 수 없을 것 같은
한계에 다다랐음에도
포기하지 않고 나아가는 모든 분들에게
이 노래가 위로의 한마디로
다가갈 수 있었으면 좋겠습니다

나는 반딧불

소원을 들어주는 작은 별

정답이 아니어도 괜찮아요

매 순간 정답을 찾으며 사는 게 정답은 아니에요
가끔은 '맞는 선택지'가 아닌
'틀리지만 더 재미있는 선택지'를 골라도
세상은 무너지지 않습니다
다 괜찮을 거예요

나는 반딧불

삶에서 가장 중요한 것

저는 삶에서 가장 중요한 것들 중

행복을 첫 번째로 여기는데요

벌레인 줄 알았던 저였지만

다른 분들이 저의 가치를 발견해주신 덕분에

무대 위에서 빛나는 별이 될 수 있었습니다

함께 행복해질 더 많은 분들을 생각하면서

열심히 이 자리에서 제 행복을 위해

나아가겠습니다

나는 반딧불

돌아보면

내가 못 했었으니까
그런 고생의 시간을
어쩔 수 없이
보냈었나 싶다

가장 빛나던 어느 날

내가 지금 겪고 있는 오늘의
힘든 시간과 노력들은
바로 내일 빛을 발하거나 하진 않을 거예요
그렇지만 오늘의 노력들이
어느 순간 흔적도 없이 사라지지도 않을 거예요
그러니 우리의 내일을 믿으며 더 멋진 오늘을 살아가요
언젠가는 꼭 빛을 발할 날이 올 테니까요

오히려 너무 평범해서

정말 좀 잘하는 상태에서
노력을 시작했으면
더딘 노력에 좀 더 일찍
상처받고 좌절했을 것 같은데
시작이 너무 별로였으니까
느는 게 보이니까
계속할 수 있었을지도
모릅니다

보이지 않는다 해도

사실은 우리 모두
결과가 지금 보이지 않아서 그렇지
나를 초월하는 노력들을
다들 해왔거든요
그래서 우리는 함께 빛날 수 있다고
스스로를 위한 응원을
서로에게
건네고 싶습니다

나는 반딧불

평범하지 않은 노력

오랜 시간
말도 안 되는 노력을
들이는 거 자체가
말도 안 되게 어려운 일이죠
그 상상을 초월하는 노력을
기울일 수 있는
그게 바로
모두가 할 수 없는
진짜 타고난
재능입니다

나는 반딧불

닮은 점

칠흑같이 어두워
앞이 아무것도 보이지 않을 때
스스로 나를 밝히며
존재감이 발현된다는 점에서
우리와 반딧불이는
닮은 것 같아요

좋은 사람이 되고 싶어요

제 좌우명은 '좋은 사람이 되자'예요
좋은 사람이란 건 계속 만들어가야 되는 거잖아요
항상 좋은 사람이 되기 위해 노력해야 되는 건 너무 어렵죠
착한 사람도 나쁜 사람도 아닌 좋은 사람

내 행복을 바라는 사람들

내가 힘들 때보다

잘되었을 때

더 많은 걸 느낄 수 있는 것 같아요

내가 아닌 다른 사람들이

나보다 더 축하해주고 행복해하는 걸 보면서

더 열심히 하게 되는 원동력이 되고

행복을 함께 나누기 위해

더 열심히 하게 되었거든요

넘어져도 실망하지 말아요

꿈을 좇다 보면

넘어질 수도 있고 길을 잃을 수도 있어요

하지만 다시 툭툭 털고 일어나서

다시 걸어가면 돼요

나의 꿈은 아직 끝나지 않았으니까요

나는 반딧불

누군가는 네 빛을 기다리고 있어

반딧불이가 어디선가 빛나고 있다고 생각하면
어둠도 그렇게 외롭지는 않을 거예요
나의 존재만으로도
내가 혼자가 아니라는 것만으로도
이미 충분한 위로가 될 수 있으니까요

나는 반딧불

포기하고 싶은 순간이 올 때

한 발짝도 더 내디딜 수 없을 만큼 힘들 때
포기할까? 라는 질문 대신
조금만 더 해볼까? 라는 말을 되뇌어보세요
나에게 다시 다짐하면서요

나는 반딧불

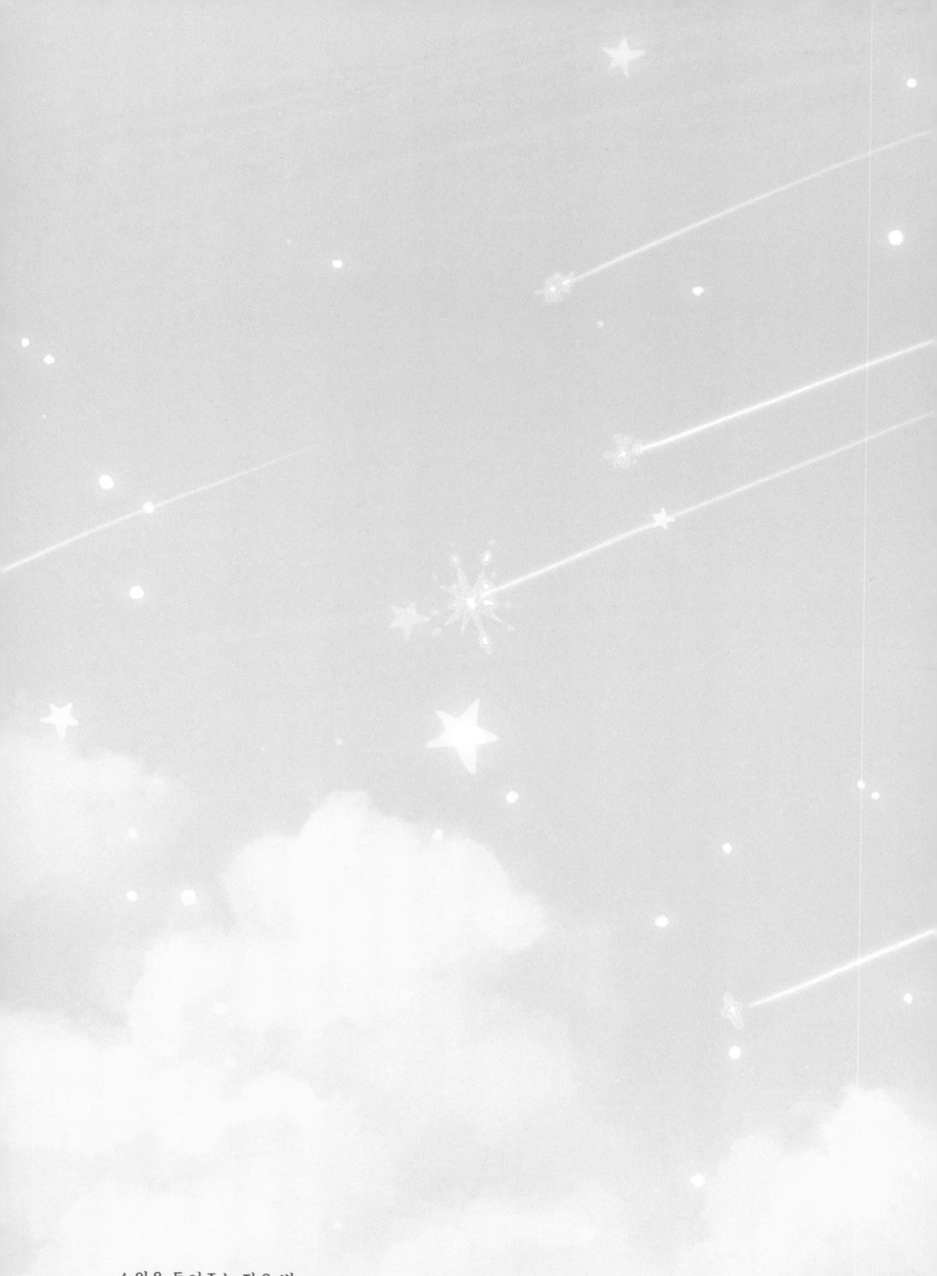

넘어져도 다시 한번

오늘 하루 크게 넘어지더라도
세상이 나를 싫어하는 것 같아도
그래도 괜찮아
나에게 말하고 다시
씩씩하게 세상을 살아갈 거예요

쓸데없는 낭만을 추구하는 일

남들은 쓸데없는 일이라고 말하지만

나는 절대 놓을 수 없는 낭만이 당신에게는 있나요?

비 오는 날엔 괜히 우산 없이 걸어보고

어두워진 퇴근길, 보름달이 떴다며

길가에 멈추어 한참을 바라보는 일

그런 사소한 것들이 나를 이루고

내 인생을 만들어낸다는 걸

많은 사람들은 잊고 살아가는지도 몰라요

나는 반딧불

꿈에 제한을 두지 마세요

무조건 될 만한 것만 꿈꿀 수 있다고
생각하지 않았으면 해요
그냥 꿈꾸는 것 자체로 행복한 것이
중요하다고 말하고 싶어요

정말로 행복했으면

사람들이 정말로 행복했으면 좋겠다
그건 남을 위해
살지 않는다는 말이니까
그리고 그건 결국
나를 행복하게
해줄 테니까

작은 빛도 소중하니까요

반딧불이의 빛은 아주 작지만
반딧불이의 빛이 작다고
반딧불이를 싫어하는 사람은 없어요
하찮게 여기는 사람도 없죠
그러니 스스로를 하찮게 여기지 마세요
중요한 것은 '내가 무엇을 가지고 있는가'가 아닌
'내가 누구인지'에 있으니까요

나는 반딧불

머물렀던 이유

막연히 생각했던
어떤 순간을 위해
음악을 하고
마음을 다해
거기 남을 수 있었던
바로 그 이유

두 기준

나만의 성공
모두의 인정
내가 어디로 걸어가든지
끝은 행복했으면 좋겠다

나는 반딧불

소원을 들어주는 작은 별

훅 불면 날아가는

이런 사랑

이런 유명세

그보다는

삶에 지칠 때

떠오르는 가수로

남아있길

하늘로 올라가

초승달 돼 버렸지

개똥벌레

벌레 중에

상 벌레

개, 똥

벌레

하늘로 올라가 초승달 돼 버렸지

할 수 있다고 믿는 것이 중요해요

할 수 있다고 믿으면
해낼 거예요
몇 달이 걸리고, 몇 년이 걸려도
내가 할 수 있다고 믿기만 한다면요

나는 반딧불

하늘로 올라가 초승달 돼 버렸지

막연한 꿈

언젠가는 노래로 성공하겠지
이런 막연한 생각을 꿈꿀 때가
오히려 행복했던 거
같기도 하고

하늘로 올라가 초승달 돼 버렸지

시간이 지나야 알 수 있는 것들이 있어요

어떤 상황이 와도 내가 이겨냈던 과거보다

힘들지는 않을 거예요

그러니 우린 다 이겨낼 수 있을 겁니다

우리는 과거를 이겨내고 이 자리에 서 있는 거니까

나는 반딧불

나만 모르나 봐

온 세상이 하지 말라고 하는데
나만 못 알아들은 건가
이 길은 정말 아닌 걸까
언제까지 해야 할까

나는 반딧불

하늘로 올라가 초승달 돼 버렸지

한참 동안 찾았던 내 손톱

나지막이 툭 던진 꿈인데
이제 와 다시 생각해보니
찾을 수도 없이
높이 걸려있는 거 같죠

나는 반딧불

꿈이 나를 힘들게 할 때

너나 할 것 없이 힘든 시기는 한 번쯤 오기 마련이잖아요

스스로 큰 가능성을 가진 사람이라고 생각했지만

시간이 흐르고 성장해버린 자신을 마주한 뒤

그게 아니었구나, 깨닫고 좌절하는 경우도 많죠

어떠한 시련에도 희망을 놓지 않겠다는

다짐을 모두가 꿈꾸고 있는 것 같아요

나는 반딧불

하늘로 올라가 초승달 돼 버렸지

마흔 즈음에

지금까지 어떤
결과도 없다는 건
나를 병들게 합니다
마음으로도
현실에서도

하늘로 올라가 초승달 돼 버렸지

업

알바보다
돈이 안 되는
이 평생의 업을
업이라고
부를 수 있을까?

하늘로 올라가 초승달 돼 버렸지

내가 꿈을 포기한다면

요거

저거

그래, 이거까지

하면서 살 수는 있겠지

근데 좀 더 늦으면

이것도

못 하려나?

하늘로 올라가 초승달 돼 버렸지

별에게 소원을 빈 후

밤하늘의 별에게 소원을 빈다고 나의 내일이
드라마틱하게 변하지는 않겠지만
단 하나의 변화가 있다면
변하고자 하는 내 마음일 거예요

나는 반딧불

집에 가려는 순간

셀 수도 없이 많은
도전과 실패가
정말 주마등처럼
다 지나가네요

하늘로 올라가 초승달 돼 버렸지

손톱 같은 희망

수없이 실패하는 나날 속
하늘 위에 걸린 초승달을 보며
다시 돌아가면 어떨까
아직 나한테
이만큼의 희망은 있지 않을까?
희망이 다 줄고 없어져도
내가 꾸었던 아주 작은 꿈
이 정도는 이룰 수 있지 않을까?

나는 반딧불

하늘로 올라가 초승달 돼 버렸지

행복을 만드는 첫걸음

행복한 생각 한 방울을 내 마음 한가운데 떨어뜨리면
아주 얇고도 넓게 행복이 퍼져 나가는 것처럼
우리, 행복한 기억부터 떠올려보기로 해요
딱 한 방울만큼의 행복이 잔잔히
오래오래 흐르도록

나는 반딧불

하늘로 올라가 초승달 돼 버렸지

길을 잃은 삶

방향은 맞지만
최대치는 아직 멀었다고 생각했는데
이미 최대치는 넘고
방향이 틀린 것은 아닌지
의심되는
그런 순간들

하늘로 올라가 초승달 돼 버렸지

행복한 꿈

근거가 좀 부족한
사람이 하찮게 보는 꿈들
하지만
지니는 것만으로 행복한
그런 게 꿈이 아닐까 싶다

나는 반딧불

하늘로 올라가 초승달 돼 버렸지

꿈에서까지 선을 긋는 건 너무 슬프잖아요

특별한 사람, 재능이 있는 사람들만
꿈을 꿀 수 있는 게 아니라고 말하고 싶어요
내 꿈에 필요한 일들을 지금 제가 정말 못한다고 해도
우린 지금의 상태를 이겨내고 꿈을 이룰 수 있어요
꿈에서까지 선을 긋는 건 너무 슬프잖아요

나는 반딧불

꿈이 나를 힘들게 할 때

너나 할 것 없이 힘든 시기는
한 번쯤 오기 마련이잖아요
스스로 큰 가능성을 가진 사람이라 생각했지만
시간이 흐르고 성장해버린 자신을 마주한 뒤
그게 아니었구나, 깨닫고 좌절하는 경우도 많죠

하늘로 올라가 초승달 돼 버렸지

요즘 드는 생각

노래를 듣지 못했으면 더 좋아요
덕분에 제가 노래를 부를 수 있죠
일부러 듣지 않으셔도 됩니다
이제 무조건
듣게 될 거니까요

내 안의 빛

빛나지 않는 사람은 없어요
환한 낮에는 빛의 소중함을 모르죠
하지만 어두워지면 아무리 작은 빛이라도
내 갈 길을 알려주는 나침반이 되거든요
그렇게 내 안의 빛을 믿고
살아갈 수 있기를

나는 반딧불

내 바람을 담은 노래

내가 빛나는 것을 알게 해줬던
지나온 많은 시간, 상황, 사람들이
저에게 바람을 불어준 것 같아요
저는 그 바람을 타고 날아올라
지금 이 자리에 있게 된 거고요

하늘로 올라가 초승달 돼 버렸지

사랑받는 나

저 혼자만 고생한 게 아닌데
이렇게 큰 사랑을 받게 되어 죄송합니다
사실은
하나도 특별할 거 없는
어디서나 보이는
평범한
사람입니다

남이 주는 자존감

나에 대한 확신을
스스로도 가지기가 참 힘든데
나에 대한 확신을
남이 그렇게 준다는 건
너무나도
행복한 일입니다

하늘로 올라가 초승달 돼 버렸지

그래도 괜찮동아

난 빛날 테니까

과거의 나에게

너무 오래 걸리니까

한 번 만에 잘되려고 하지 말고

가치 있는 일은 빨리 되는 게 아니니까

더 열심히 했으면 좋겠다

괜찮아 하고 넘길 수 있는 힘을 기르세요

이 세상에 놓인 벽을 딛고

뛰어넘는 사람만 살아남잖아요

그래 괜찮아

다음번에 또 잘하면 되지 하고

넘어갈 수 있는 힘을

이 노래를 듣고 기르면 좋겠어요

나는 반딧불

진심은 결국 통하니까요

어디서나 볼 수 있는
평범한 사람이 진심으로 노래를 부르는 걸 보면서
많은 분들이 또 다른 '나'를 발견하며
공감해주신 것 같아요
저는 절대 특별한 사람이 아니거든요

나는 반딧불

행복 배달부

노래가 잘되었다고 해서

당장 삶이 바뀌는 건 아닙니다

하지만 지금

행복을 배달하는 것처럼

저는 노래하는 지금이

너무 행복합니다

나는 반딧불

나의 소원

사람들에게 내 목소릴 들려주고 싶다

나도 저 무대 위에 서보고 싶다

나도 해보고 싶다

그 마음 하나

그 꿈 하나

그 소원 하나가 만든

작은 빛

그래도 괜찮아 난 빛날 테니까

나에게 날아온 반딧불이

나에게 날아와야 했던 기적을
만나지 못했더라도
저는 여전히 계속 이 자리에서
희망을 노래하고 있었겠죠

나는 반딧불

그래도 괜찮아 난 빛날 테니까

나와 같은 사람들

아느 모로 보나 평범한 제가

고된 노력 끝에

결국은 많은 사람들의 사랑을 받는

이 모습을 보면서

포기하지 않고 나아가는 사람들께

위로가 되길 바랍니다

나는 반딧불

그래도 괜찮아 난 빛날 테니까

좋아해서

사랑하는 사람이 내게
무언가를 주지 않는다고 해서
한순간에 미워지는 건 아니잖아요
그래서 노래를
포기하지 못했죠
너무 좋아하니까

나는 반딧불

그래도 괜찮아 난 빛날 테니까

빛이 되는 노래

몇 줄의 노랫말로
내가 살아온 모든 날의 걱정들이
녹아내릴 수 있도록
위로와 힘이 되는 말을 할 수 있는
사람이 되고 싶어요

그래도 괜찮아 난 빛날 테니까

노래는 사연을 싣고

제가 부른 노래 영상에
자신의 사연을 빗대어 공감해주시잖아요
그걸 볼 때마다 진심으로 감동받고
눈물을 흘릴 때가 있어요
그런 댓글들이 저를
더 좋은 사람이 될 수 있도록
다잡아주는 거 같습니다

그래도 괜찮아 난 빛날 테니까

사랑을 품고 있는 모든 별들에게

노래를 듣고
감동받고, 아파하고, 위로받은
모든 분들의 마음속에는 빛나는 별보다 더 중요한
따뜻한 사랑이 품어져 있다고 믿어요
그 사랑을 품고 계신 모든 분이
제게는 빛나는 별입니다

나는 반딧불

마음가짐

그 시절 존경하고 좋아했던
가수의 모습을
조금은 닮아가고 있기에
이런 저를 보면서
누군가도
꿈을 꿀 수
있기를

힘내세요

힘을 내라는 말을 버겁게
느끼는 분들이 있어요
그런 분들께 힘내라는 말이 아닌
그저 마음으로 응원하고 싶습니다

나는 반딧불

그래도 괜찮아 난 빛날 테니까

동네 편한 가수

멀리 동떨어진 사람이 아닌
생활 속에서
기쁠 때나 슬플 때
가깝게 느껴질 수 있도록
그런 삶을 살고자 합니다

나는 반딧불

그래도 괜찮아 난 빛날 테니까

문득

행복할 때

불행할 때

이 가사가

이 노래가

떠오른다면

저는

더할 나위 없이

행복할 거

같습니다

그래도 괜찮아 난 빛날 테니까

소원은 한순간에 이뤄지지 않아요

소원은 어쩌면
단 한순간의 기적이 아니라
그동안의 작은 노력이 모여 만든
결과일 거예요.

나는 반딧불

그래도 괜찮아 난 빛날 테니까

내가 살아야 하는 방식

거창한 꿈 같은
주제 의식보다
내가 사는 방식이
따로 존재할지 몰라

나는 반딧불

그래도 괜찮아 난 빛날 테니까

별은 바람에 휩쓸리지 않죠

가끔 다른 사람의 말로
나를 잃어버릴 것 같은 날이면
흔적도 없이 사라져버릴 것 같은 날이면
밤하늘의 별을 올려다보세요
아주 센 태풍이 불어와도
별은 그 자리 그곳에서 빛나고 있으니까요

나는 반딧불

사랑 노래

그리운 사람을 떠올리기보다
언젠가 사랑받을 순간을
떠올리며
노래하고 있습니다

나는 반딧불

늦게만 느껴질 때

나보다 불행한 사람을 보고
힘을 내라는 의미는 아닙니다
주어진 이 세팅값들이
내가 원하는 꿈을 이루는 것에 있어서
사실은 큰 장벽은 아니라는 말을
해주고 싶습니다

`

그래도 괜찮아 난 빛날 테니까

되게 즐거운 일

나에게 정말 필요하고
나에게 쌓여야 하는
그런 이야기들과 상황이
필요한 게 아닐까

나는 반딧불

그래도 괜찮아 난 빛날 테니까

내가 사는 삶

진정한 행복은
내가 만족하는 것이란 걸
너무 늦게 알게 되었습니다
내가 행복을 느끼는 지점
그걸 더 일찍 알 수 있는
계기가 있었다면
얼마나 좋았을까요

그래도 괜찮아 난 빛날 테니까

반딧불이

당신은 벌레가 아닌

은은하게 빛나는

별이죠

잘 이겨내 줘서

정말

고맙고

감사합니다

나는 반딧불

그래도 괜찮아 난 빛날 테니까

나는 반딧불

초판 1쇄 인쇄 2025년 4월 7일
초판 1쇄 발행 2025년 4월 21일

글 | 황가람
원작 | 정중식
일러스트 | 박한솔
펴낸이 | 권기대
펴낸곳 | ㈜베가북스

주소　　 | (07261) 서울특별시 영등포구 양산로17길 12, 후민타워 6-7층
대표전화 | 02)322-7241　　　　　 **팩스** | 02)322-7242
출판등록 | 2021년 6월 18일 제2021-000108호
홈페이지 | www.vegabooks.co.kr　 **이메일** | info@vegabooks.co.kr
ISBN | 979-11-92488-79-0 (03810)

---

* 책값은 뒤표지에 있습니다.
* 잘못된 책은 구입하신 서점에서 바꾸어 드립니다.
* 좋은 책을 만드는 것은 바로 독자 여러분입니다.
* 베가북스는 독자 의견에 항상 귀를 기울입니다. 베가북스의 문은 항상 열려 있습니다.
* 원고 투고 또는 문의사항은 위의 이메일로 보내주시기 바랍니다.

나는 반딧불

나는 내가 빛나는 별인 줄 알았어요
한 번도 의심한 적 없었죠
몰랐어요, 난 내가 벌레라는 것을
그래도 괜찮아, 난 눈부시니까

하늘에서 떨어진 별인 줄 알았어요
소원을 들어주는 작은 별
몰랐어요, 난 내가 개똥벌레라는 것을
그래도 괜찮아, 나는 빛날 테니까

나는 내가 빛나는 별인 줄 알았어요
한 번도 의심한 적 없었죠
몰랐어요, 난 내가 벌레라는 것을
그래도 괜찮아, 난 눈부시니까

한참 동안 찾았던 내 손톱
하늘로 올라가 초승달 돼 버렸지
주워 담을 수도 없게 너무 멀리 갔죠
누가 저기 걸어놨어?
누가 저기 걸어놨어?

우주에서 무주로 날아온
밤하늘의 별들이 반딧불이 돼 버렸지
내가 널 만난 것처럼, 마치 약속한 것처럼
나는 다시 태어났지 나는 다시 태어났지

나는 내가 빛나는 별인 줄 알았어요
한 번도 의심한 적 없었죠
몰랐어요, 난 내가 벌레라는 것을
그래도 괜찮아, 난 눈부시니까

하늘에서 떨어진 별인 줄 알았어요
소원을 들어주는 작은 별
몰랐어요, 난 내가 개똥벌레란 것을
그래도 괜찮아, 나는 빛날 테니까